LES
TROQUEURS,

OPÉRA-COMIQUE EN UN ACTE,

Paroles de MM. DARTOIS et ACHILLE,

Musique de M. HÉROLD;

Représenté, pour la première fois, sur le Théâtre de l'Opéra-Comique, par les Comédiens ordinaires du Roi, le 18 février 1819.

182

~~~~~~~~~~~~~~~~~~~~~~~~~~~~~~~~~~~~~

PRIX : 1 FR. 25 C.

~~~~~~~~~~~~~~~~~~~~~~~~~~~~~~~~~~~~~

PARIS,

CHEZ J.-N. BARBA, LIBRAIRE,

ÉDITEUR DES ŒUVRES DE PIGAULT-LEBRUN,

PALAIS-ROYAL, DERRIÈRE LE THÉATRE FRANÇAIS, N°. 51.

DE L'IMPRIMERIE D'ÉVERAT, RUE DU CADRAN, N°. 16,

1819.

Y th 1794

PERSONNAGES.	ACTEURS.
	MM.
LE SEIGNEUR..............................	DARANCOURT.
ÉTIENNE, Villageois.......................	PAUL.
ROBERT, idem.............................	MOREAU.
TIENNETTE, Femme d'Étienne..............	Mme. LEMONIER.
CATHERINE, Femme de Robert............	Mme. BOULANGER.
FANCHETTE, Filleule d'Étienne et de Tiennette...............................	Mme. GAVAUDAN.
PIERROT, Villageois.	
Villageois et Villageoises.	

La Scène se passe dans un Village.

Le Théâtre représente une place de Village. A gauche de la Scène, est la maison de Robert, et vis-à-vis se trouve celle d'Étienne, à côté de laquelle est une espèce de berceau formé par un treillage; on aperçoit dans le fond un ancien château.

LES TROQUEURS,

OPÉRA-COMIQUE EN UN ACTE.

———◦———

*Au lever du rideau, il y a une table sous le berceau, et Fanchette apprête
un déjeuner.*

———

SCÈNE PREMIÈRE.

FANCHETTE.

V'là tout préparé ! l'voisin Robert peut v'nir quand il voudra ;
l'compère Étienne est prêt à le recevoir. Ce sont bien les meil-
leurs amis et les deux hommes les moins malicieux du village ! et
quand ils ont un peu bu ensemble, il leur vient des idées... des
idées..... qui sont si extraordinaires !.... aussi monseigneur les a mariés le même jour, aux deux femmes les plus gentilles qu'il a pu
trouver, Catherine et Tiennette. Qu'elles sont heureuses ! Elles
font tout ce qu'elles veulent de leurs maris ! d'puis qu'Tiennette,
ma maraine, a épousé Étienne, je d'meure avec elle ! eh bien !
c'est toujours elle qui a raison..... C'qui fait que j'voudrais être
mariée... J'crois qu'j'ai maintenant tout c'qu'il faut pour cela ! je
n'puis manquer d'l'être bientôt..... c'est un si brave homme, que
monseigneur !.... il n'a pas de plus grand plaisir que de faire des
mariages.

COUPLETS.

1er.

Mon cœur s'agite à chaque instant,
Et j'en devine enfin la cause ;
Sur l'amour, dont le nom m'plaît tant,
Je voudrais m'instruir'... mais je n'ose :
A seize ans, je crois le sentir,
On se tourmente, on est craintive...
Mais on voit le bonheur venir
Dès que l'hymen arrive.

2me.

De temps en temps, il est certain
Qu'on s'dispute dans l'mariage :
J'vois ma maraine et mon parain,
Qu'euqu'fois c'est à qui f'ra tapage :
Tout l'jour, Etienn' gronde bien fort,
Tiennett' répond … car elle est vive…
Mais je les vois toujours d'accord
Dès que le soir arrive.

SCÈNE II.

FANCHETTE, ROBERT.

ROBERT, *en sortant à sa femme qui est dans la maison.*

Grand dieu ! quelle femme j'ai là !
Toujours all' me querellera ;

FANCHETTE, *à part, en apprêtant le déjeuner.*

Voilà Robert qui fait tapage ;
O ! le joli ménage !

ROBERT.

C'est un démon furieux !
L'voisin Étienne est bien heureux !

SCÈNE III.

LES MÊMES, ÉTIENNE.

ÉTIENNE, *à sa femme qui est dans la maison.*

Grand dieu ! quelle femme j'ai là !
Toujours all' me contrarira !

FANCHETTE, *à part.*

L'compère Étienne,
A son tour gronde la sienne !

ÉTIENNE.

C'est un démon furieux !
L'voisin Robert est bien heureux !

ROBERT et ÉTIENNE, *chacun à la porte de sa maison.*

Bavarde ! coquette !
Oh ! j'en perdrai la tête.

FANCHETTE, *à part.*

Oh ! qu' c'est vilain
D'faire à sa femme du chagrin !

ENSEMBLE.

C'est un démon furieux,
L'voisin Étienne est bien heureux !
     Robert

FANCHETTE, *à Etienne.*

Ah ! mon dieu ! mon parain, comme vous avez l'air méchant !

ÉTIENNE, *brusquement.*

C'est bon ! Le déjeuner est-il prêt ?

FANCHETTE.

Vous voyez..... [*A part en sortant.*] Il est faché ?... Je gage que Tiennette vient d'avoir encore la main légère.   [*Elle sort.*]

SCÈNE IV.

ÉTIENNE, ROBERT.

ÉTIENNE.

Allons Robert ! mets-toi là, et déjeunons... [*Ils s'asseyent.*] Ça m'f'ra peut-être passer mon humeur. [*Il verse à boire.*]

ROBERT, *buvant.*

L'vin m'ôt'ra peut-être mon chagrin.

ÉTIENNE.

Ah ! mon cher Robert, tu es bien heureux, toi ! t'as une femme qui est un vrai mouton !

ROBERT.

Tais-toi donc ! c'est un vrai démon, qui m'fait enrager d'puis l'matin jusqu'au soir !... N'parlons pas d'ça... ça m'fait trop d'peine ! [*Il boit.*]

ÉTIENNE.

Comment ! t'es malheureux ?

ROBERT.

Je l'somm's d'autant plus qu'tous les jours j'voyons combien ta femme est gentille et prévenante.

ÉTIENNE.

Qu'est-c' que tu dis donc? c'est un' coquette qui m'f'ra damner tout' la vie... j'n'ons pas avec elle un moment d'répit... et ça m'sè-che l'âme. [*Il boit.*]

ROBERT.

Quoi ! Tiennette n'est pas la douceur même?

ÉTIENNE.

Je n'peux pas en venir à bout.

ROBERT.

C'est qu'tu n'lui parles pas comme il faut... Tiens, ta femme, j'la vois tous les jours... elle est honnête avec tout l'monde... et puis, c'est une femme... drès qu'on lui fait une politesse, elle vous en rend deux : c'est bien agréable pour un mari! Oh! j'voudrais bien qu'elle fût ma femme!.. La mienne ne veut rien faire qu'à sa tête, et c'est assez que j'lui dise une chose, pour qu'elle fasse tout l'contraire.

ÉTIENNE.

C'est qu'tu t'y prends mal!... Tiens, souvent il m'arrive d'avoir recours à ta femme; elle m'oblige de la meilleure grâce du monde... Elle aime à rendre service à tous ceux qui ont besoin d'elle; c'est un' femme qui ne n'sait rien r'fuser... et c'est bien heureux pour toi.. Ma femme est loin d'valoir la tienne. [*Pendant la dernière phrase, Fanchette est entrée.*]

SCÈNE V.

LES MÊMES, FANCHETTE.

FANCHETTE, *à part.*

Ils parlent de leurs femmes; écoutons un peu.

ROBERT.

J'te dis qu'il est impossible qu'ta femme vaille moins qu'la mienne!

TRIO.

ÉTIENNE.

Ma femme a l'esprit si méchant!...
La tienn' vaut mieux assurément.

ROBERT.

Vas tu ne connais pas la mienne;
Tu peux m'en croir', compère Etienne.

FANCHETTE, *à part.*

D's femm' peut-on parler ainsi !

ROBERT.

La colère toujours l'enflamme.

ÉTIENNE.

Ah ! que ne suis-je son mari !

ROBERT.

Son mari ?....
A ta santé, mon cher ami !

ENSEMBLE.

A ta santé, mon cher ami !

ROBERT.

Hé bien ! puisque ma femme ;
Compère, te semble si bien ,
J'connais un excellent moyen
Pour nous rendre heureux l'un et l'autre ;
Quand on n'est pas content d'son bien ,
On l'change.... changeons l'notre ?...
Troquons enfin....

ÉTIENNE.

Je le veux bien !

TOUS DEUX, *choquant leurs verres.*

Troquons !... troquons, si cela peut te plaire.

FANCHETTE , *à part.*

Troquer sa femme ! est-c'que ça peut se faire ?..

ROBERT et ÉTIENNE.

Troquons, troquons ! le moyen est très-bon.

FANCHETTE , *à part.*

Courons avertir Catherine.

(*Fanchette traverse le théâtre et entre chez Robert.*)

ÉTIENNE.

Pour que l'affaire se termine ;
Donneras-tu du retour ?

ROBERT.

Ma foi, non.

ÉTIENNE.

Et moi, je te demande
En retour ton moulin ;
La valeur n'en est pas si grande !

ROBERT.

Mon moulin ? non pas voisin....
Troc pour troc ; sinon , point d'affaire.

ÉTIENNE.

C'est que Tiennette a tout pour plaire:
Esprit, beauté, grâce légère.

ROBERT.

Mais tu soutenais le contraire!

ÉTIENNE.

Parc'que je n'en suis plus épris;
Mais, pour un autre, elle est sans prix!

FANCHETTE, *sortant de chez Catherine.*

A Tiennett', donnons l'même avis.

(*Elle entre chez Étienne.*)

ROBERT, *à Étienne.*

C'est que Cath'rine a tout pour plaire:
Elle est vive, mais point légère.

ÉTIENNE.

Tu m'as soutenu le contraire?

ROBERT.

Parc'que je n'en suis plus épris;
Mais, pour un autre, elle est sans prix!

ÉTIENNE.

Ma femme est plus grand' que la tienne.

ROBERT.

J'en conviens; mais la mienné
Est plus vive sans contredit.

ÉTIENNE.

Elle a les yeux plus grands....

ROBERT.

Oh! j'en conviens sans peine;
Mais la mienne a le pied plus p'tit.

ÉTIENNE.

Elle a le pied plus petit?

ROBERT.

Décides-toi....

ÉTIENNE.

L'affaire est faite!

TOUS DEUX, *se levant et choquant leurs verres.*

Troquons sans prendre de retour!
Troquons nos femmes tour-à-tour;
Buvons à Cath'rine, à Tiennette;
Tout's deux sont faites pour l'amour!

ROBERT.

'Ah ! v'là monseigneur qui vient de c'côté.

ÉTIENNE.

Dis donc, c'est lui qui nous a mariés; voudra-t-il jamais?...

ROBERT.

Il faut nous adresser à lui, avant de parler à nos moitiés ;
viens.....

SCÉNE VI.

Les Mêmes , LE SEIGNEUR.

LE SEIGNEUR.

'Ah ! mes amis , vous voilà ensemble ?

ÉTIENNE.

Oui, monseigneur; nous parlions de nos femmes.

LE SEIGNEUR.

Eh bien! vous devez être heureux? vous avez les deux plus
jolies du village !

ÉTIENNE.

C'est vrai, monseigneur, que la femme de Robert est bien
gentille !

ROBERT.

Et qu'il ne manque rien à celle d'Étienne.

LE SEIGNEUR , *à part.*

Ces bons villageois! comme ils aiment leurs femmes! ils font
toujours des ménages excellents! je m'applaudis de mon ouvrage.

ÉTIENNE.

C'est vous, monseigneur, qui m'avez choisi Tiennette.

ROBERT.

C'est à vous que je dois Catherine.

LE SEIGNEUR , *à part.*

Je jouis de leur bonheur !

TOUS DEUX.

Monseigneur... c'est que...

LE SEIGNEUR , *à part.*

Ils sont bien embarrassés pour me remercier... (*Haut.*) Parlez,
mes amis, parlez.

Les Troqueurs.   2

ROBERT.

Monseigneur, c'est que je voudrais troquer ma femme.

LE SEIGNEUR.

Troquer ta femme!..

ÉTIENNE.

Oui, monseigneur, contre la mienne.

LE SEIGNEUR.

Et toi aussi? Vous voulez rire...

ROBERT.

Pardon, monseigneur; mais il m'est impossible de vivre plus long-temps avec Catherine, elle m'f'rait mourir.

LE SEIGNEUR, *à part.*

Parbleu! voilà du nouveau! (*Haut.*) Et vous croyez?..

ROBERT, *bas au Seigneur.*

Ah! monseigneur, ne m'faites pas manquer cette affaire! sa moitié vaut mieux que la nôtre : c'est tout profit pour moi!

ÉTIENNE, *bas au Seigneur.*

Ah! monseigneur, ne dites rien... c'est moi qui gagne au change.

LE SEIGNEUR, *à part.*

Ils ont perdu l'esprit! (*Haut.*) Comment, vous voulez?..

ROBERT.

Oh! monseigneur, j'y sommes décidés, j'avons tapé dans la main!

LE SEIGNEUR, *à part.*

Leur simplicité est vraiment plaisante, et je veux m'en amuser. (*Haut.*) Allons, puisque vous êtes si bien d'accord, je consens à tout.

ROBERT.

Et vous vous chargez de nous démarier?

LE SEIGNEUR, *riant.*

Oui, oui, mes amis... (*A part.*) L'idée est singulière!

ÉTIENNE et ROBERT.

Ah! monseigneur, que de bontés!

LE SEIGNEUR.

Pourvu toutefois que vos femmes ne s'y opposent pas.

ROBERT.

V'là l'difficile... car, voyez-vous, malgré son humeur, Catherine m'aime.

ÉTIENNE.

Malgré sa coquetterie, Tiennette a de l'amour pour moi.

ROBERT.

Ell' n'voudra jamais me quitter.

LE SEIGNEUR.

J'en ai peur.

ÉTIENNE.

Quand j'vais lui parler d'ça, ell' va jeter les hauts cris !

ROBERT.

Ell' m'aime tant qu'au premier mot elle voudra m'arracher les yeux.

LE SEIGNEUR, *à part.*

Catherine et Tiennette ont de l'esprit ; elles verront bien de suite que le projet extravagant de leurs maris ne peut s'exécuter... mais si elles ont eu des torts envers eux, je veux les en faire repentir, et donner aussi une leçon à messieurs les troqueurs.

SCÈNE VII.

Les Précédents, TIENNETTE et CATHERINE.

[*Elles arrivent chacune de son côté, et se font des signes d'intelligence.*]

TIENNETTE et CATHERINE.

Ah ! monseigneur, j'sommes bien votre servante !

TIENNETTE, *avec amitié.*

Bonjour, Robert. [*A son mari avec humeur.*] Bonjour, jaloux !

CATHERINE, *de même.*

Bonjour, Étienne. [*A son mari.*] Bonjour, grondeur !

ROBERT, *regardant Tiennette qui le regarde tendrement.*

Elle est gentille, la femme d'Étienne !

ÉTIENNE, *de même.*

Jarni ! qu'elle est jolie, madame Robert !

LE SEIGNEUR.

Tiennette, et Catherine, écoutez !

ROBERT, *à part.*

V'là l'moment !

ÉTIENNE, *à part.*

Comme elles vont sauter !

LE SEIGNEUR.

En vous mariant à Étienne et à Robert, j'ai cru faire votre bonheur à tous.

ÉTIENNE, *à part.*

Comme il leur entortille ça !

LE SEIGNEUR.

Vos maris prétendent que je me suis trompé.

TIENNETTE.

Ce sont des menteurs ; je suis heureuse, moi, monseigneur.

CATHERINE.

Et moi aussi.

LE SEIGNEUR.

Ils se plaignent cependant.

CATHERINE.

Ils ont tort. Je ne me plains pas, moi, monseigneur.

TIENNETTE.

Ni moi non plus.

ETIENNE.

Parbleu ! je le crois bien !

TIENNETTE.

Qu'ils fassent comme nous !

LE SEIGNEUR.

Pour arranger tout cela à l'amiable...

ETIENNE ET ROBERT.

Haïe ! haïe ! haïe !

LE SEIGNEUR.

Ils sont convenus de vous troquer.

CATHERINE ET TIENNETTE.

De nous troquer !

ROBERT.

V'là l'mot lâché !

CATHERINE.

Et vous consentiriez, monseigneur ?

EL SEIGNEUR, *riant.*

Mais si cela peut vous plaire...

TIENNETTE, *joyeuse.*

Ah ! monseigneur, que je vous remercie !

CATHERINE, *de même.*

Quel bonheur ! que j'suis contente !

LE SEIGNEUR, *étonné.*

Quoi ! vous voulez aussi ?

CATHERINE.

Certainement, monseigneur ; nous n'osions pas vous en parler ; mais nous y avions déjà songé.

LE SEIGNEUR, *à part.*

En voilà bien d'une autre !

ETIENNE, *à part.*

Je ne croyais pas qu'all' se déciderait si aisément à m'perdre:

ROBERT, *à part.*

C'est la première fois qu'elle m'obéit si bien ! (*A Etienne, en lui montrant Catherine.*) Allons, Etienne, viens par ici.... v'là ta femme à présent.

ETIENNE, *lui montrant Tiennette.*

Allons, Robert, v'là ta ménagère maintenant. (*Robert et Etienne changent de place.*)

LE SEIGNEUR, *à part.*

Comme ils y vont !.. éloignons les maris. (*Haut.*) Un moment !.. Avant tout, il faut que l'acte soit passé. Etienne et Robert, rendez-vous de suite chez le bailly, et allez avec lui m'attendre au château.

ROBERT ET ETIENNE.

J'y courrons !

ÉTIENNE, *à Catherine en sortant.*

Sans rancune, Tiennette.

TIENNETTE.

Oh ! nous s'rons bons amis ; je n' sommes plus époux.

ROBERT, *à Catherine en sortant.*

Adieu, mon ancienne !

CATHERINE.

Adieu, mon ci-devant !

(*Etienne et Robert sortent ensemble.*)

SCÈNE VIII.

LE SEIGNEUR, TIENNETTE, CATHERINE.

TIENNETTE, *bas à Catherine, tandis que le Seigneur regarde dans le fond du théâtre si les maris sont partis.*

Monseigneur veut nous questionner, faisons semblant de rien !

CATHERINE.

Ah ! messieurs les troqueurs !

LE SEIGNEUR, *à part.*

Il n'est pas possible qu'elles soient de bonne foi... Tâchons de savoir ce qu'elles pensent. (*Il les prend toutes les deux par la main et les amène sur le devant de la scène.*)

TRIO.

LE SEIGNEUR.

Allons, soyez sincère,
Parlez sans crainte ici :
Quoi ! vous voulez, ma chère,
Changer votre mari.

CATHERINE ET TIENNETTE.

Je fus toujours sincère ;
Et s'il me faut ici
Vous parler sans mystère,
Je veux changer d'mari !

LE SEIGNEUR, *à Tiennette.*

Étienne est un homme tranquille ;
Il est doux, humain et docile.

TIENNETTE , *faisant la révérence.*

Oui, monseigneur ;
Il a bon cœur !

LE SEIGNEUR.

Peut-on trouver, dans le village,
Un mari qui soit moins volage,
Surtout qui soit plus amoureux ?

TIENNETTE.

T'nez, monseigneur, moi, je le gage ;
On peut encore trouver mieux.

Ensemble.

LE SEIGNEUR, *à part.*

Quel langage !
Il m'étonne au village.

TIENNETTE et CATHERINE.

Ce langage,
L'étonne au village.

LE SEIGNEUR, *à Catherine.*

A vous, ma belle enfant !

CATHERINE , *à part.*

A mon tour maintenant !

LE SEIGNEUR.

Robert est bon, il est aimable ;
On le dit obligeant, affable.

CATHERINE, *faisant la révérence.*

Oui, monseigneur;
Il a bon cœur.

LE SEIGNEUR.

Il vous obéit sans murmure;
Enfin c'est, à ce qu'on assure,
Un mari très-laborieux.

CATHERINE.

T'nez, monseigneur, je suis bien sûre
Qu'on peut encore trouver mieux.

Ensemble. {

LE SEIGNEUR, *à part.*

Quel langage!
Il m'étonne au village!

CATHERINE et TIENNETTE.

Ce langage,
L'étonne au village.

LE SEIGNEUR.

Vous n'êtes pas sincère?

CATHERINE et TIENNETTE.

Très-sincère!

Ensemble. {

CATHERINE et TIENNETTE.

Je fus toujours sincère!
Etc....

LE SEIGNEUR.

Allons, soyez sincère!
Etc...

LE SEIGNEUR.

Vous trouvez donc bien le troc que veulent faire vos maris?

TIENNETTE.

Dame! monseigneur, nous ne pouvons pas être fâchées de cela.

CATHERINE.

Vous sentez bien, monseigneur, que quand on trouve l'occasion de se marier deux fois, il n'faut pas la laisser échapper.

TIENNETTE.

Le mariage est une si belle chose! Mais pardon, monseigneur; je ne pensais pas qu'il faudra faire une noce... Je vais me parer un peu... Viens-tu, Catherine?

CATHERINE.

Certainement... Vous serez de la noce, n'est-ce pas, monseigneur?

TIENNETTE.

Vot' servante, monseigneur ; nous vous avons dit tout c'que nous pensions.

CATHERINE.

Ah! quelle jolie noce ça f'ra! Ce sera encore votre ouvrage!.. Quelle jolie noce!... [*Elles sortent.*]

SCÈNE IX.

LE SEIGNEUR, FANCHETTE.

FANCHETTE, *qui a entendu la dernière phrase de Catherine.*
[*A part.*] Une noce ! Monseigneur va encore marier quelqu'un !

LE SEIGNEUR, *sans voir Fanchette.*

Il faut avouer que les mariages que je fais sont bien heureux!

FANCHETTE, *à part.*

Être marié par un Seigneur, ça porte bonheur! tandis qu'il est en train, il faut que je le prie d's'occuper de moi.

LE SEIGNEUR, *de même.*

Puisque j'ai si mal réussi, on s'épousera comme on voudra, je ne veux plus m'en mêler.

FANCHETTE.

C'est l'moment d'lui parler d'mon mariage. [*Elle s'avance doucement et tousse.*] Hem! hem!

LE SEIGNEUR, *se retournant.*

Ah! ah! c'est toi Fanchette?

FANCHETTE.

Oui, monseigneur, c'est moi... si vous l'permettez... J'ai entendu comme ça, qu'vous parliez de noce, et c'est ce mot qui m'a chatouillé l'oreille.

LE SEIGNEUR.

Ah! ah!

FANCHETTE.

Il s'agit de quelques nouveaux époux?

LE SEIGNEUR, *ironiquement.*

Oui, et qui sont bien fortunés!

FANCHETTE.

Monseigneur, vous n'en faites pas d'autres, et c'est pour cela que j'venons vous prier de me mettre en ménage.

LE SEIGNEUR.

Ah ! parbleu ! tu arrives bien à propos.

FANCHETTE, *gaîment.*

Tant mieux, monseigneur !

LE SEIGNEUR, *brusquement.*

Je ne veux plus marier personne.

FANCHETTE.

RONDEAU.

Ah ! monseigneur, je vous en prie ;
Daignez contenter mon envie ;
Rien ne me semble si joli
    Qu'un mari !
Ne redoutez pas mon âge ;
Ah ! malgré ma légereté,
Je s'rai bientôt, en vérité,
    Au fait d'l'ouvrage
    D'un ménage :
J'ai tant de bonne volonté !
Ah ! monseigneur, etc...

LE SEIGNEUR.

J'en suis fâché, ma petite Fanchette ; mais je me suis bien promis de ne plus faire de mariages.

FANCHETTE.

Ah ! monseigneur, vous les faites si bien !

LE SEIGNEUR.

C'est pour cela qu'Étienne et Robert veulent changer de femmes.

FANCHETTE.

Ah ! c'est affreux !

LE SEIGNEUR.

Et leurs femmes changer de maris !

FANCHETTE.

Tiens, c'est drôle ! je savais bien que le voisin Robert voulait changer sa femme contre celle de son voisin... mais leurs femmes ne m'avaient pas dit qu'elles voulaient aussi...

LE SEIGNEUR.

Comment ! tu savais ?...

FANCHETTE.

Oui, j'ai entendu ce matin le complot des maris, et c'est moi qui ai averti Tiennette et Catherine.

Les Troqueurs.   3

LE SEIGNEUR.

Elles étaient instruites avant moi... (*A part.*) Je comprends, maintenant... Oh! les rusées!...

FANCHETTE.

Ah! mon dieu! monseigneur, est-c'que j'aurais mal fait?.. C'est bien sans le vouloir... Je suis innocente!

LE SEIGNEUR.

Innocente! Oh! oui! oui... allons, console-toi, mon enfant; je te promets que si Robert et Étienne se raccommodent avec leurs femmes, je te marierai; et je te donnerai cent écus de dot.

FANCHETTE.

Cent écus!

LE SEIGNEUR.

Tu aimes sans doute quelque jeune garçon?

FANCHETTE.

Monseigneur, je n'ai pas osé en aimer un avant d'avoir une dot.

LE SEIGNEUR.

Tu peux oser maintenant.

FANCHETTE.

Ah! monseigneur, il faut espérer que j'oserai, et le plutôt sera le mieux.

LE SEIGNEUR.

Mais il faut que tu me rendes un petit service.

FANCHETTE.

Je n'ai rien à vous refuser, monseigneur.

LE SEIGNEUR.

Observe bien Tiennette et Catherine, et si elles ont quelques conversations avec leurs maris, tu viendras m'en avertir au château.

FANCHETTE.

Soyez tranquille, monseigneur, avec ça que j'suis curieuse!

LE SEIGNEUR.

N'y manque pas.

FANCHETTE.

Il n'y a pas de risque!... (*A part.*) Cent écus!

LE SEIGNEUR, *sortant.*

Allons trouver mes troqueurs.

SCÈNE X.

FANCHETTE, *seule*.

Que j'suis heureuse ! que j'suis heureuse ! un' dot de cent écus!
Ce que c'est que de parler! On a bien raison de dire qu'il n'y a
que les honteux qui perdent... Oui ; mais si Tiennette et Catherine ne se raccommodent pas avec leurs maris.... je n'aurai rien
de tout cela! Bah! des maris, ça n'a pas de rancune!... Il faut que
je me dépêche de me choisir un garçon... et puis que je le présente à monseigneur. Voyons, cherchons un peu lequel... d'abord,
je veux que ce soit un bon danseur!... parce que je m'arrangerai
avec lui pour qu'il m'fasse bien danser le jour de la noce, et le lendemain, parce qu'il faut qu'il y ait un lendemain, et puis tous
les dimanches et les fêtes, et puis queuqu'fois dans la semaine...
Si je prenais le gros Thomas ?. Oh! non ; il est tout essoufflé quand
il a dansé une contredanse! Si je choisissais plutôt le grand Claude ?
non, non ; sa danseuse est toujours obligée de lui dire la figure qu'il
doit faire ! Si je prenais Pierre le boiteux? Ah oui! mais (*elle con-
trefait un homme qui boite*) c'est bien désagréable... Qu'est-ce que
j'fais donc ? je vais chercher bien loin; j'ai ce qu'il me faut !... Le
petit Pierrot !... Il n'est pas grand; mais il danse joliment! juste-
ment je me ressouviens qu'un jour il m'a dit que j'étais gentille,
et qu'il a voulu m'embrasser.... à présent que j'ai cent écus, je
suis encore plus gentille... va pour le p'tit Pierrot!

SCÈNE XI.

FANCHETTE, TIENNETTE.

TIENNETTE.

Fanchette, as-tu vu Robert ?

FANCHETTE.

Mon dieu, non! mais c'est donc vrai, ma maraine, que vous
consentez à être troquée ?

TIENNETTE.

Il le faut bien !

FANCHETTE.

Vous n'aimez donc plus Etienne?

TIENNETTE.

Il y a bientôt quatre ans que nous sommes mariés !

FANCHETTE.

Par ainsi, vous devez être habituée à c' mari-là.

TIENNETTE.

Dame ! c'était pas un' bonne habitude, apparemment.

1ᵉʳ. COUPLET.

J'veux m'amuser soir et matin ;
Pour m'désoler je suis trop sage ;
Et je prétends qu'jamais l'chagrin
N'attrist' mon cœur ni mon visage.
A la gaîté si j'ai recours,
C'est un peu par coquetterie...
Femme qui rit est plus jolie ;
Voilà pourquoi je ris toujours.

2ᵉ. COUPLET.

A quoi m'servirait de vouloir
Paraître maussade et sauvage ?
Mon plus grand plaisir est de voir
Tous les garçons me rendre hommage.
L'air engageant, mieux qu'les discours,
Soumet les homm's à notre empire :
On les prend avec un sourire ;
Voilà pourquoi je ris toujours.

FANCHETTE.

Fi ! madame Tiennette, c'est affreux, c'que vous dites-là !
Etienne est un bon garçon, bien aimable, qu'est mon cousin, et
c'est très-mal à vous de consentir à ce qu'il vous troque.

TIENNETTE.

Mais ce matin, tu disais qu'il avait tort.

FANCHETTE.

Ah ! ce matin, c'est différent : (*A part.*) je ne savais pas ce
que je sais. (*Haut.*) Changer de mari ! je ne vous aurais jamais
crue capable de ça, toujours ! moi, qui avais tant d'amitié pour
vous !

(*Fanchette se met à pleurer.*)

TIENNETTE, à part.

La pauvre petite Fanchette ! je ne croyais pas qu'elle m'aimât
tant.

FANCHETTE, s'en allant.

Adieu mes cent écus ! adieu Pierrot ! (*Elle sort.*)

TIENNETTE.

Il faut que je lui dise.... Fanchette, Fanchette ! écoute donc !

SCÈNE XII.

TIENNETTE, CATHERINE.

CATHERINE, *arrivant du côté opposé.*

Tiennette, Tiennette ! je viens d'apercevoir nos maris ! voilà Étienne qui vient par ici.

TIENNETTE.

Robert n'peut pas être oin..... j' vais au devant de lui..... Ah ! ça, tu sais de quoi nous sommes convenues.

CATHERINE.

Ah ! sois tranquille !... J' f'rai la cruelle.

TIENNETTE, *s'enfuyant.*

Du courage !

SCÈNE XIII.

CATHERINE, ETIENNE.

ETIENNE, *arrivant, à part, en apercevant Catherine.*

V'la donc celle qu'est not' femme à présent.

CATHERINE.

Eh bien ! voisin ?

ETIENNE.

Oh ! je serons ben plus voisins, à présent que je suis ton mari !

CATHERINE.

C'est donc fini ?

ETIENNE.

Ah ! mon dieu, oui !... Le bailli disait d'abord que ça n' pouvait pas se faire ; mais drès qu' monseigneur lui a eu dit queuqu's mots à l'oreille, il a écrit, et j'avons fait un' croix.

CATHERINE, *à part.*

Quel est donc l' projet d' monseigneur ? (*Haut.*) Qu'est-c' que t'as fait d' Robert ?

ETIENNE.

Il est sans doute avec sa nouvelle moitié... Allons, ma petite Catherine, maintenant tu t'appelleras madame Etienne.

CATHERINE, *fièrement.*

Je veux toujours me nommer Catherine, moi !

ETIENNE.

Oui, oui.... tu t'appelleras Catherine-Etienne... Comme notre ménage va être tranquille !

CATHERINE.

Il ne tiendra qu'à toi.

AIR.

Si tu veux, tendre mari,
De ta femme être chéri,
Ecrut bien ce qu'il faut faire :
Voilà comme tu peux me plaire !

D'abord je veux être sans cesse
Dans la maison la maitresse,
Et comme j'ai toujours raison,
Tout c'que j'f'rai, tu l'trouveras bon ;
Tu m'obéiras en tout'chose,
Et tu suivras surtout
Cette maxime en tout :
« Le mari propose
» Et la femme dispose. »
Si tu veux, tendre mari,
Etc.

Si quelques peines
Viennent me troubler,
Je veux que tu prennes
L'air triste pour me consoler ;
Dans mon délire,
Si je soupire,
Il te faut soupirer ;
Si je pleure, il te faut pleurer ;
Si la danse m'appelle,
Je veux me faire belle ;
Chacun m'invitera,
Cela t'amusera ;
Si l'on m'trouve jolie,
Et par quelqu'galant'rie,
Si l'on veut m'divertir,
Cela te fera plaisir.
Si tu veux, tendre mari,
Etc....

ETIENNE.

Ah ! ça, dis donc ?..., c'est une plaisanterie ! ma petite femme... (*Il lui prend la taille et va pour l'embrasser.*) Toi, qui es si douce, si bonne !

CATHERINE, *lui donnant un soufflet.*

Impertinent !(*Elle se sauve.*)

SCÈNE XIV.

ÉTIENNE, *seul.*

Jarni, quel soufflet !... V'là une douceur qui est un peu rude.
(*On entend le bruit d'un soufflet dans la coulisse.*)

SCÈNE XV.

ÉTIENNE, TIENNETTE.

TIENNETTE, *arrivant en riant.*

Ah ! ah ! le pauvre Robert ! Il est tout étourdi ! quel soufflet
j' viens d' lui donner ! (*Apercevant Étienne.*) Ah ! c'est mon tro-
queur ! Sachons comment Catherine l'a reçu.

ÉTIENNE, *à part.*

Tiens, c'est ma troquée ! voyons si Robert a été mieux traité
que moi.

TIENNETTE, *d'une voix douce.*

Étienne !

ÉTIENNE.

Ah ! c'est vous, Tiennette ?... (*A part.*) Comme elle a l'air doux !

TIENNETTE, *d'une voix douce.*

Vous êtes content ; je ne vous suis plus de rien. Avez-vous vu
Catherine ?

ÉTIENNE, *se frottant la joue.*

Oui, je l'ai vue, et je l'ai sentie aussi.

TIENNETTE, *à part.*

Bon, il est aussi avancé que l'autre ! [*Haut.*] Robert me quitte
à l'instant.... Ah ! mon Dieu ! comme il est aise !

ÉTIENNE, *à part.*

J'en étais sûr ; elle l'a bien traité. Elle est si bonne !... Je ne sais
pas si c'est parce qu'elle n'est plus ma femme ; mais je la trouve
plus jolie qu'auparavant.

TIENNETTE, *à part.*

Il a l'air tout triste.

ÉTIENNE, *à part.*

Savez-vous, Tiennette, que vous êtes bien avenante, tout de
même

TIENNETTE.

Il va me faire la cour à présent. [*Haut.*] Pourquoi me dis-tu comme ça : vous ! Parce que je ne suis plus ta femme, est-ce que tu ne veux pas avoir d'l'amitié pour moi ?

ÉTIENNE.

Bien au contraire.

TIENNETTE.

Pardine ! est-ce que Robert et toi, vous n'êtes pas amis ? est-ce que tu n'es pas mon voisin ?

ÉTIENNE.

C'est vrai.... (*A part.*) Jarni ! elle n'm'avait jamais semblé si aimable !

TIENNETTE.

Allons, donne-moi la main.

ÉTIENNE, *à part.*

Il faut que Robert ait quelque secret pour embellir une femme. Tandis que l'voisin est absent.... Quels yeux elle a !

TIENNETTE, *à part.*

Comme il me regarde !

DUO.

ÉTIENNE, *à part.*

Jarni ! son minois est charmant ;
Jamais elle ne fut si belle.

TIENNETTE, *à part.*

Eh ! mais il a vraiment
L'air d'un amant :
Quel feu dans ses yeux étincèle !

ÉTIENNE, *avec tendresse.*

Tiennette !

TIENNETTE, *de même.*

Quoi ?

ÉTIENNE.

Ecoute-moi !

TIENNETTE, *de même.*

Moi ?

ÉTIENNE, *de même.*

Je ne sais pourquoi,
J'aime ton langage....
Ah ! c'est grand dommage,
Que tu ne sois plus à moi !

TIENNETTE, *avec douceur.*

Etienne, écoute-moi....

ÉTIENNE.

Moi ?

TIENNETTE.

Je ne sais pourquoi,
J'aime ton langage !...
Ah ! c'est grand dommage ;
Que tu ne sois plus à moi !

ÉTIENNE.

Dans ce moment mon cœur te blâme ;
Pourquoi, quand j'étais ton mari,
Ne me r'cevais-tu pas ainsi ?

TIENNETTE.

Pourquoi, lorsque j'étais ta femme ;
Ne t'présentais-tu pas ainsi ?

ÉTIENNE.

Tu n'avais pas, je te l'assure ;
Cette agaçante figure ,
Cette charmante tournure....

TIENNETTE.

J'avais tout ça , la chose est sûre ;
Mais l'mariage empêche de voir
Les attraits qu'un' femm' peut avoir !
Et toi ?...

ÉTIENNE.

Moi ?

TIENNETTE.

Tu n'avais pas, je te l'assure ;
Cette élégante tournure ,
Tant de grâce dans la figure !

ÉTIENNE.

J'avais tout ça , la chose est sûre ;
Mais l'mariage empêch' de voir
Tout l'mé it' qu'un homm' peut avoir !
Tiennette !...

TIENNETTE.

Etienne....

ÉTIENNE.

Quoi.

TIENNETTE.

Ecoute-moi....

Les Troqueurs.

4

ÉTIENNE.

Moi ?

Tiennette !...

TIENNETTE.

Quoi ?...

ÉTIENNE.

Ecoute-moi....

TIENNETTE.

Moi ?

ENSEMBLE.

Je ne sais pourquoi,
J'aime ton langage !
Ah ! c'est grand dommage,
Que tu ne sois plus à moi !

ÉTIENNE, *vivement.*

Ma Tiennette si jolie....
Permets, je t'en supplie,
Que je prenne un baiser !

TIENNETTE.

Non , non , je dois le refuser;
La faveur serait trop grande !

ÉTIENNE, *de même.*

Tiennette, ici
Je la demande
En qualité d'ancien mari !

TIENNETTE, *se laissant embrasser.*

En qualité d'ancien mari !

ENSEMBLE, *avec transport.*

Ce doux baiser $\begin{cases} \text{m'enflamme,} \\ \text{l'enflamme,} \end{cases}$

Il agite $\begin{cases} \text{mon} \\ \text{son} \end{cases}$ âme....

Ah ! pour moi quel bonheur !
Que ce prix est flatteur !

ÉTIENNE , *de même.*

Vois mon amour extrême !
Dis-moi je t'aime !

TIENNETTE.

Non , non , cela ne s'rait pas bien !
Et l'voisin....

ÉTIENNE.

Il n'en saura rien !
Eh bien ?...

TIENNETTE , *hésitant.*

Je.... je.... je.... t'aime !

ÉTIENNE.

Pauvre voisin !

ENSEMBLE

Ce doux aveu $\left\{ \begin{array}{l} \text{m'enflamme,} \\ \text{l'enflamme,} \end{array} \right.$

Il agite $\left\{ \begin{array}{l} \text{mon} \\ \text{son} \end{array} \right\}$ âme !

Etc.

(*Il l'embrasse une seconde fois.*)

ROBERT, *descendant la scène.*

Ah ! ah ! maître Etienne , comme vous y allez !

TIENNETTE, *feignant d'être surprise.*

Mon nouveau mari !

(*Elle s'enfuit.*)

SCÈNE XVI.

ÉTIENNE, ROBERT.

ROBERT.

Morguenn' !... compère Etienne , vous ne vous gênez pas !

ÉTIENNE.

Dam ! j' l'avons rencontrée là par hasard....... et j'avais oublié qu'elle n'était plus ma femme !

ROBERT.

C'est pas honnête, ça, monsieur ! quand on a fait un marché, il faut le tenir.... Jamais on n'doit courtiser la femme d'autrui.

SCÈNE XVII.

ETIENNE, ROBERT, FANCHETTE.

FANCHETTE, *accourant toute essoufflée.*

Je ne me sens pas d'aise ! maître Robert, que je vous remercie,

ROBERT.

Et de quoi donc ?

FANCHETTE.

Je vous devrai mon bonheur, ainsi qu'à vous, compère Etienne ; car , je ne doute pas que vous ne suiviez le bon exemple de Robert.

ETIENNE,

Qu'est-ce qu'il a donc fait ?

FANCHETTE.

Il s'est raccommodé avec la commère Catherine... Je l'ai vu!

ROBERT.

Veux-tu bien te taire, petite babillarde?

ÉTIENNE.

Non, non; je n'veux pas qu'on l'empêche de parler, moi.

FANCHETTE.

N' craignez rien, il n' pourrait jamais. J'vous dirai donc que j'm'étais cachée, ainsi qu'on m' l'avait recommandé, pour mieux l'observer... Il a rencontré sa femme près du jeu de boule. Il a commencé d'abord par la regarder comme ça. ... comme pour lui dire : J'vas passer mon chemin... Puis, elle lui a fait les yeux, comme ça ... comme pour lui dire : Tu n' passeras pas!.. Puis, il a fait.... Ouf! (*Elle fait un gros soupir.*) Alors, apparemment qu'ils se sont expliqués, car tout d'un coup Robert a embrassé sa femme; moi, j'suis sortie de ma cachette pour les remercier et frrere...... les v'là qui se sont sauvés bien vite, comme s'ils avaient mal fait.

ÉTIENNE.

Ah! ah compère Robert, il paraît que vous aimez le fruit défendu?

FANCHETTE.

Tiens! est-ce que c'est défendu d'embrasser sa femme, surtout quand on se raccommode.

ROBERT.

Dame! je l'ai rencontrée là par hasard.

ÉTIENNE.

Morguenn'! c'est pas honnête, ça! vous qui faisiez tant l'délicat tout à l'heure.

FANCHETTE.

Et moi, je vous dis qu'il a raison, et que vous devriez en faire autant. [*A part.*] Courons informer monseigneur de tout cela. [*Haut.*] Entendez-vous, mon parrain, vous devriez en faire autant... je vous en aimerais d'avantage! Adieu, Robert, vous êtes un honnête homme, vous, vous embrassez votre femme.

[*Elle sort.*]

SCÈNE XVIII.

ROBERT, ÉTIENNE.

ÉTIENNE, *à part.*

Diable! d'après l'explication qu'Robert vient d'avoir avec ma nouvelle femme, si mon ancienne la bien traité, je m'vois dans une belle chance.

ROBERT, *à part.*

J'viens de l'voir donner un baiser à Tiennette; s'il en a donné autant à Catherine, me v'là pris des deux côtés.

ÉTIENNE, *à part.*

Voyons...[*Haut.*] Il paraît, voisin, qu'nous avons fait tous deux nos adieux à nos anciennes femmes!

ROBERT.

Oui, en même-temps, et nous avons fait connaissance avec nos nouvelles.

ÉTIENNE.

Oui, en même-temps... [*A part.*] C'est clair, ça... Heim!

ROBERT.

Il n'y a pas de doute... Heim!

[*Ils s'avancent tous deux et se prennent la main en soupirant.*]

ÉTIENNE.

Ah! Robert!

ROBERT.

Ah! Étienne!

ÉTIENNE.

Nous nous sommes fait...

ROBERT.

Bien du chagrin!

ÉTIENNE, *à part.*

Qu'est-ce qu'il a donc?

ROBERT, *à part.*

Est-c'qu'il est fou? [*Haut.*] Dis donc, Étienne, il n'faut pas comme ça rire d'la peine des autres... parc' que tu es content d'ta nouvelle femme!....

ÉTIENNE.

C'est plutôt toi qui veux rire!

ROBERT.

Comment? Est-c'que Cath'rin'?

ÉTIENNE.

Un joli cadeau, qu'ta Cath'rin'! Moi qui la croyais si douce!..
Elle m'a gratifié du plus dur soufflet.

ROBERT, *avec joie.*

Ell' t'a donné un soufflet?

ÉTIENNE.

Et sec encore!

ROBERT.

Ah! mon ami, que je suis content!

ÉTIENNE.

Cela te rend content?

ROBERT.

Embrasse-moi, mon cher Étienne!

ÉTIENNE.

Il n'y a pas de quoi.

ROBERT.

J'en ai reçu autant que toi.

ÉTIENNE.

T'as reçu un soufflet de Tiennette?

ROBERT.

Et serré, j't'en réponds.

ÉTIENNE.

Comme c'est heureux!... pour moi! Embrassons-nous encore.

SCÈNE XIX.

LES MÊMES, TIENNETTE, CATHERINE.

[Elles arrivent dans le fond, chacune d'un côté en se faisant des signes.]

ÉTIENNE, *sans voir les femmes.*

Tu consentirais donc, compère, à te dédire?

CATHERINE, *se montrant.*

Comment?... comment? à vous dédire?...

TIENNETTE, *de même.*

En êtes-vous les maîtres?

CATHERINE.

Croyez-vous que nous y consentions... Non, non, l'marché est bon!

TIENNETTE.

Et nous nous y tenons...

CATHERINE.

J'avons tappé dans la main!

ÉTIENNE, *à Robert.*

Elles ont raison!...

SCÈNE XX.

Les Mêmes, LE SEIGNEUR, FANCHETTE.

FANCHETTE, *au Seigneur, dans le fond.*

T'nez, monseigneur, les v'là tous les quatre ensemble.

LE SEIGNEUR, *à Fanchette.*

C'est bon; cours exécuter mes ordres.

[*Fanchette sort.*]

SCÈNE XXI.

Les Mêmes, excepté FANCHETTE.

[*Le Seigneur écoute dans le fond.*]

ROBERT, *à Étienne.*

Et d'ailleurs, la menace que nous a faite monseigneur, si jamais nous redevenions amoureux de nos premières femmes!...

CATHERINE.

Pour ce qui est d'monseigneur, ce n'est pas lui qui nous effraie! il n'est pas si méchant!

ROBERT.

Oui, mais quand il verra...

TIENNETTE.

Bah! est-ce qu'il voit quelque chose, monseigneur?... Il n'est pas plus malin qu'un autre... et si nous voulions vous pardonner tout-à-fait...

ÉTIENNE, *tombant aux genoux de sa femme.*

Oh! Tiennette, redeviens ma femme... Pardonne-moi d'avoir cru la voisine plus douce que toi... c'était présumable!...

ROBERT, *tombant aux genoux de Catherine.*

Ah! Catherine, excuse-moi d'avoir pensé qu'la commère était moins coquette que toi... c'était croyable!...

LE SEIGNEUR, *sévèrement.*

Fort bien, messieurs! [*Ils restent tous quatre confondus, le Seigneur les examine.*] Est-ce ainsi que vous exécutez mes ordres?...

CATHERINE et TIENNETTE, *s'avançant d'un air câlin.*

Monseigneur, c'est bien innocemment...

LE SEIGNEUR.

Oui, je connais votre simplicité... j'ai su l'apprécier ce matin!

CATHERINE, *à Tiennette.*

Il sait tout.

LE SEIGNEUR, *sévèrement.*

Etienne et Robert, vous ne pouvez plus rester dans ce village;

TOUS.

Ciel!... ah! monseigneur...

LE SEIGNEUR, *sévèrement.*

Vous allez partir aujourd'hui même.

TIENNETTE.

Ah! monseigneur, voudriez-vous nous punir pour toute la vie?

SCÈNE XXII ET DERNIÈRE.

Les Mêmes, FANCHETTE, PIERROT, VILLAGEOIS.

CHŒUR DES VILLAGEOIS, *qui arrivent en dansant.*

Encore un mariage!
Que ce moment est doux
Pour nous!
Quell' fêt' pour le village,
Surtout pour les époux!

LE SEIGNEUR.

Qu'est-ce que c'est?

FANCHETTE, *s'avançant.*

C'est moi, monseigneur... j'ai trouvé un prétendu... et j'ai rassemblé tout l'village pour qu'on danse à ma noce... Vous voyez que je ne vous ai pas fait attendre.

LE SEIGNEUR, *riant.*

On ne montre pas plus d'exactitude!

FANCHETTE.

C'est que je suis pressée, voyez-vous! Etienne et Robert, quel plaisir pour vous? [*Elle se retourne, et les voit tous tristes.*] Eh bien! qu'est-ce que vous avez donc? Est-c'que monseigneur ne vous a pas dit?... Monseigneur, est-ce le moment?

LE SEIGNEUR.

Oui.

[*Fanchette lui donne deux papiers.*]

LE SEIGNEUR, *donnant à chaque femme un papier.*

Lisez.

TOUS.

Ah! monseigneur!

[*Le Seigneur fait signe aux femme de lire.*]

TIENNETTE, *après avoir jeté les yeux sur l'acte que le Seigneur lui a donné.*

Que vois-je!... C'est le bail de votre ferme qui est à six lieues du village... par ici?

CATHERINE, *de même.*

C'est le bail de votre petite métairie qui est à quatre lieues, de ce côté?... [*Elle indique le côté opposé à celui que Tiennette a montré.*]

LE SEIGNEUR, *aux maris.*

Voilà ce que vous avez signé... vous méritiez d'être punis, je n'ai voulu que vous effrayer... Je vous fais mes fermiers; mais vous serez à dix lieues l'un de l'autre... Si vous restiez voisins, il pourrait vous prendre envie de troquer encore.

ÉTIENNE et ROBERT.

Comment vous remercier!...

TIENNETTE.

Ah! qu'il m'a fait peur!

FANCHETTE.

Monseigneur, voulez-vous maintenant que j'vous présente mon futur?

LE SEIGNEUR.

Volontiers...

FANCHETTE, *amenant Pierrot près du Seigneur.*

Le voilà, monseigneur...

LE SEIGNEUR, *examinant le prétendu.*

Voyons donc M. Pierrot?... [*Tirant Fanchette à part.*] Est-ce que tu n'aurais pas pu trouver un garçon un peu mieux tourné que celui-là?

FANCHETTE.

Dame! monseigneur, que voulez-vous qu'on ait pour cent écus?

LE SEIGNEUR.

Tu as raison.

FANCHETTE.

D'ailleurs, monseigneur, je le connais, et je suis sûre que j'en serai contente.

LE SEIGNEUR.

Je t'approuve, et pour te le faire paraître mieux encore, je te donne six cents francs.

FANCHETTE, *à Pierrot.*

Il fallait donc m'avertir d'çà! j'en aurais... enfin, c'est égal! je l'gard'rai comme il est! parce que ça n's'rait pas délicat!

LE SEIGNEUR.

Quant à vous, mes amis, n'oubliez jamais qu'en ménage, ce qu'on a vaut souvent mieux que ce qu'on veut avoir!

CHŒUR.

Encore un mariage!
Que ce moment est doux
Pour nous!
Quell' fêt' pour le village,
Surtout pour les époux!

HISTOIRE PHILOSOPHIQUE DE LA RÉVOLUTION DE FRANCE, depuis 1787 jusqu'au retour de S. M. Louis XVIII, en 1814, par Fantin-Désodoards. 6 vol. in-8°., ornés du portrait de l'auteur.   30 fr.

Cette sixième édition est un ouvrage neuf; il est entièrement refait; l'auteur y professe une grande impartialité; il a extirpé, si j'ose m'exprimer ainsi, une poignée d'intrigans révolutionnaires de la masse de la nation française; il la justifie aux yeux de l'Europe et de la postérité; en un mot, il rend justice aux braves gens et aux gens braves.

Cet ouvrage doit plaire aux hommes impartiaux de tous les pays.

LE CUISINIER ROYAL, ou l'Art de faire la Cuisine et la Pâtisserie pour toutes les fortunes; avec la manière de servir une table depuis vingt cinq jusqu'à soixante couverts. *Neuvième édition,* revue, corrigée et augmentée de cent cinquante articles; par A. Viard, homme de bouche, suivie d'une notice sur les vins, par M. Pierhugue, sommelier du Roi, 1 vol. in-8°,   6 fr.

Cet ouvrage a été réimprimé huit fois dans l'espace de dix années. L'auteur étant en pays étranger, n'a pu réparer les omissions qui se trouvaient dans les huit premières éditions. Depuis son retour en France, il a complété son livre, qui peut passer pour le meilleur Manuel de cuisine qui existe.

PIÈCES NOUVELLES.

Méprise (la) en diligence, comédie en 3 actes, de M. Caignez.	1 fr. 50. c.
Plaideurs (les) de Racine, vaudeville de Brazier.	1 fr. 25 c.
La Fille d'Honneur, comédie en 5 actes, en vers, de M. Duval.	3 fr.
Petit Pinson (le), vaud. en 1 acte, de MM. Mélesville et Poirson.	1 fr. 25 c.
Diner de Madelon (le), vaudeville en un acte, de M. Désaugiers, nouvelle édition, augmentée.	1 fr. 25 c.
Pacotille (la), comédie en 3 actes, de Planard.	1 fr. 50 c.
Troqueurs (les), opéra en un acte, de MM. Dartois.	1 fr. 25 c.
Tante (la) à marier, com. en 1 acte, de M. Victor.	
Douvres et Calais, vaud. en 2 act. de MM. Théaulon et Ménissier.	1 fr. 50 c.
Demande bizarre (la), com. en 1 acte, de M. René Perrin.	
Arbitres (les), comédie en 1 acte en vers, de M. J. Vernet.	1 fr. 25 c.
Une visite à ma Tante, vaudeville en 1 acte.	1 fr. 25 c.
Belvéder (le), mélodrame en 3 actes, de M. Pexérécourt.	
Homme Brun (l'), en 3 actes, de MM. Merle et Boirie.	
Retour à Valenciennes, vaudeville en 1 acte, de MM. A. Gouffé.	
Brigands (les) des Alpes, vaudeville en 1 acte.	1 fr. 25 c.
A-t-il perdu, comédie en 1 acte, de M. Longchamp.	1 fr. 50 c.
Roses (les) de Malherbe, vaudeville en 1 acte, de M. Maréchalle.	
M. Musion, vaudeville en 1 acte, de M. Armand Gouffé.	
Duel et le Déjeuner (le), vaud. en un acte, du même.	1 fr. 25 c.
Maison (la) de Jeanne D'Arc, com. en 1 act. de M. René Perrin.	1 fr. 25 c.
Chapelle (la) des Bois, mél. en 3 actes, de M. Pixérécourt.	
Chaperons (les) et les Loups, vaud. en 1 acte, de M. Dubois.	
Famille Glinet (la), comédie en 5 actes, de M. Merville.	2 fr. 50 c.
M. Sans-Souci, vaudeville en 1 acte, de M. Belle ainé.	1 fr. 25 c.
Une visite à Charenton, vaudeville en 1 acte.	1 fr. 25 c.
Perroquets de la mère Philippe, vaud. en 1 acte, de M. Dartois.	1 fr. 25 c.
Jeune Veuve (la), comédie en 1 acte en vers, de M. Delrieu.	1 fr. 50 c.
Originaux (les) au Café, vaudeville en 1 acte de MM. Merle et Brazier.	
Garçon (le) sans souci, comédie en 3 actes, de M. René Perrin.	
Pâté (le) d'Anguille, vaud. en 1 acte, de MM. H. Simon et Dartois.	1 fr. 25 c.

Pièces réimprimées du Répertoire de la Comédie Française, exactement conforme à la représentation, qui se trouvent chez le même Libraire.

TRAGEDIES.

Adélaïde Duguesclin.
Abufar.
Agamemnon.
Andromaque.
Alzire.
Athalie.
Britanicus.
Cid (le).
Cinna.
Comte de Warwick (le).
Coriolan.
Gabrielle de Vergy.
Hector, (fig.)
Horaces (les).
Iphigénie en Aulide.
Iphigénie en Tauride.

Mahomet.
Manlius Capotolinus.
Marisinne.
Nicomède.
Œdipe, de Voltaire.
Othello.
Phèdre.
Polyeucte.
Rhadamiste et Zénobie.
Rodogune.
Sémiramis.
Spartacus.
Tancrède.
Venceslas.
Zaïre.

COMÉDIES.

Barbier de Séville (le)
Chevalier à la mode (le).
Crispin rival de son Maitre.
Dehors Trompeurs (les).
École des Femmes (l').
Etourdis (les).
Fausses Confidences (les).
Fausses Infidélités (les).
Femme Jalouse (la).
Femmes Savantes (les).
Folies Amoureuses (les).
Fourberies de Scapin (les).
Grondeur (le).
Habitant de la Guadeloupe (l')
Heureuse Erreur (l').

Honnête Criminel (l').
Jaloux sans Amour (le).
Jeux de l'Amour et du Hasard (les).
Mariage de Figaro (le).
Mariage Secret (le).
Méchant (le).
Mercure Galant (le).
Métromanie (la).
Misanthrope (le).
Plaideurs (les).
Projets de Mariages (les).
Rivaux d'eux-mêmes (les).
Tartuffe (le), de Molière.
Tartuffe de Mœurs (le).
Trois Sultanes (les).

OEUVRES COMPLÈTES de Picault-Lebrun, 67 vol. Prix. 160 fr.

Les ouvrages se vendent séparément.

Adélaïde de Méran, 4 vol. in-12. 10 f.	Garçon sans Souci (le), 2e. édition, 2 vol. in-12, fig. . . . . . 5 f.
Angélique et Jeanneton, 2 vol. in-12, fig. . . . . . 5 f.	Jérôme, 4 vol. in-12, ... 10 f.
Barons de Felsheim (les), 4 vol. in-12, fig. nouvelles. . . . . . 10 f.	L'Homme à projets, 4 vol. in-12. 10 f.
Cent vingt jours (les), 4 vol. in-12, fig. . . . . . 10 f.	Mélanges littéraires et critiques, 2 vol. in-12 . . . . . 5 f.
Encore du Magnétisme, avec cet épigraphe: *Vitam impendere vero* 2 f.	Mon Oncle Thomas, 4 vol. in-12, fig. . . . . . 10 f.
Citateur (le), 2 vol. in-12. . . . 6 f.	Monsieur Botte, 4 vol. in-12, fig. 10 f.
Enfant du Carnaval (l') 3 vol. in-12, fig. nouvelles . . . 7 50	Monsieur de Roberville, 4 vol. in-12. . . . . . 10 f.
Famille Luceval (la), 4 vol. in-12. 10 f.	Officieux (l'), 2 vol. in-12, fig. . 5 f.
Folie Espagnole (la), 4 vol. in-12, fig. . . . . . 10 f.	Théâtre et Poésies, 6 vol. in-12. 12 f.
	Une Macédoine, 4 vol. in-12. . 10 f.
	Tableaux de Société, 4 vol. in-12; portrait. . . . . . 10 f.

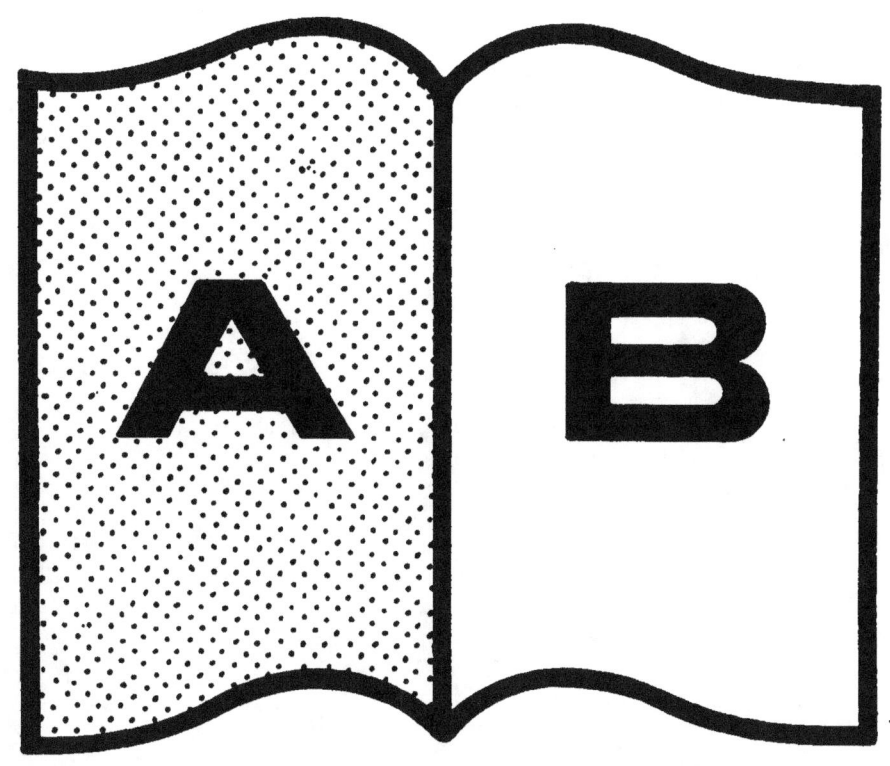

Contraste insuffisant

NF Z 43-120-14

www.ingramcontent.com/pod-product-compliance
Lightning Source LLC
Chambersburg PA
CBHW060853180626
46818CB00004B/1683